두더지
두두 더더 지지

미야니시 타츠야 글·그림 | 이홍희 옮김

달리

어느 날, 엄마 두더지가
두두와 더더와 지지에게 말했어요.
"엄마는 잠깐 나갔다 올 테니
셋이서 집 잘 지키고 있으렴.
바깥세상은 무서운 곳이니까,
절대 나가지 말고!"

엄마 두더지는
단단히 이르고는 집을 나섰지요.
얼마 안 있어……

겁쟁이 막내 지지가
훌쩍거리기 시작했어요.

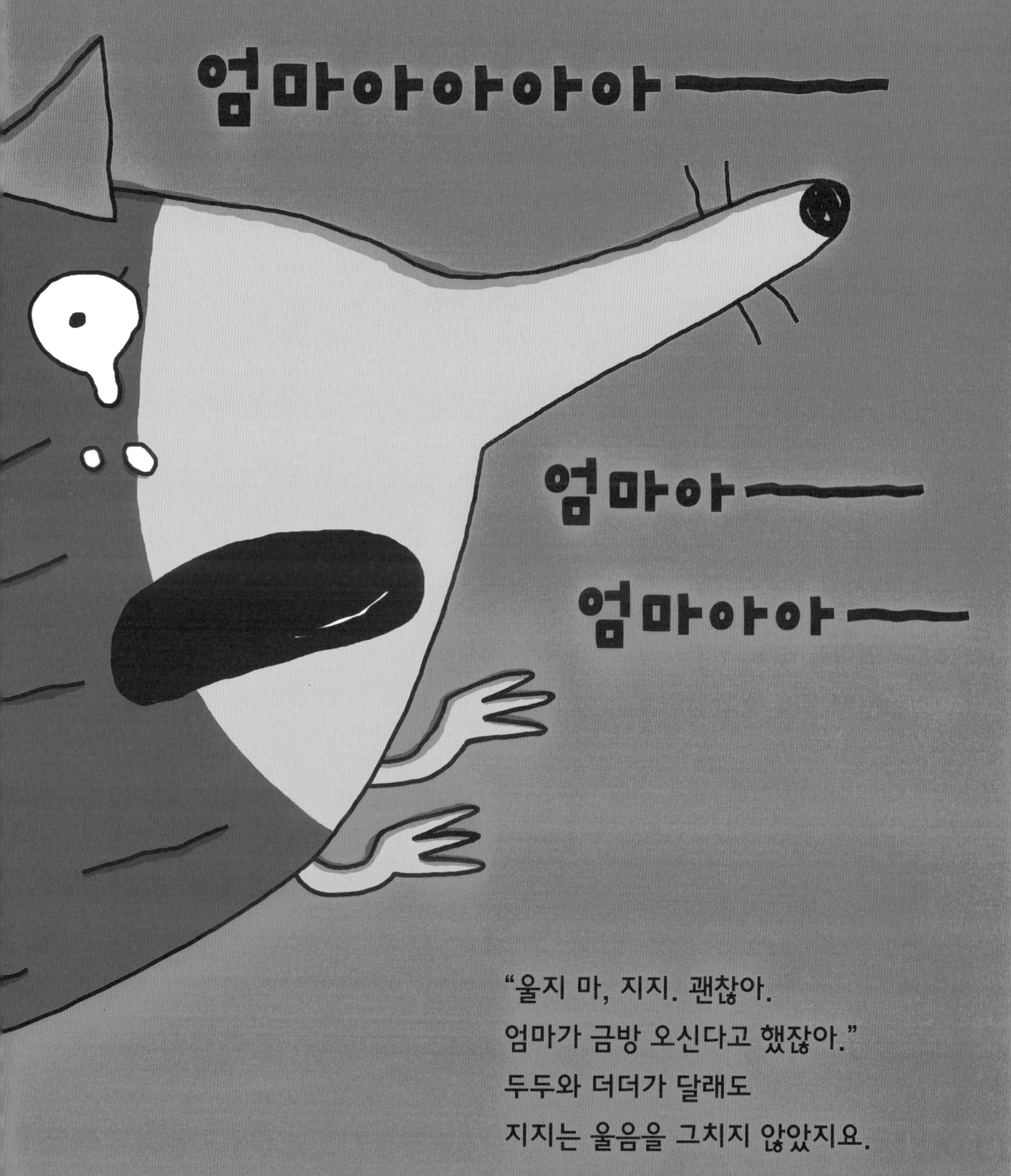

"울지 마, 지지. 괜찮아.
엄마가 금방 오신다고 했잖아."
두두와 더더가 달래도
지지는 울음을 그치지 않았지요.

"어쩔 수 없군. 다 같이
엄마를 찾으러 가자."
첫째 두두가 말했어요.

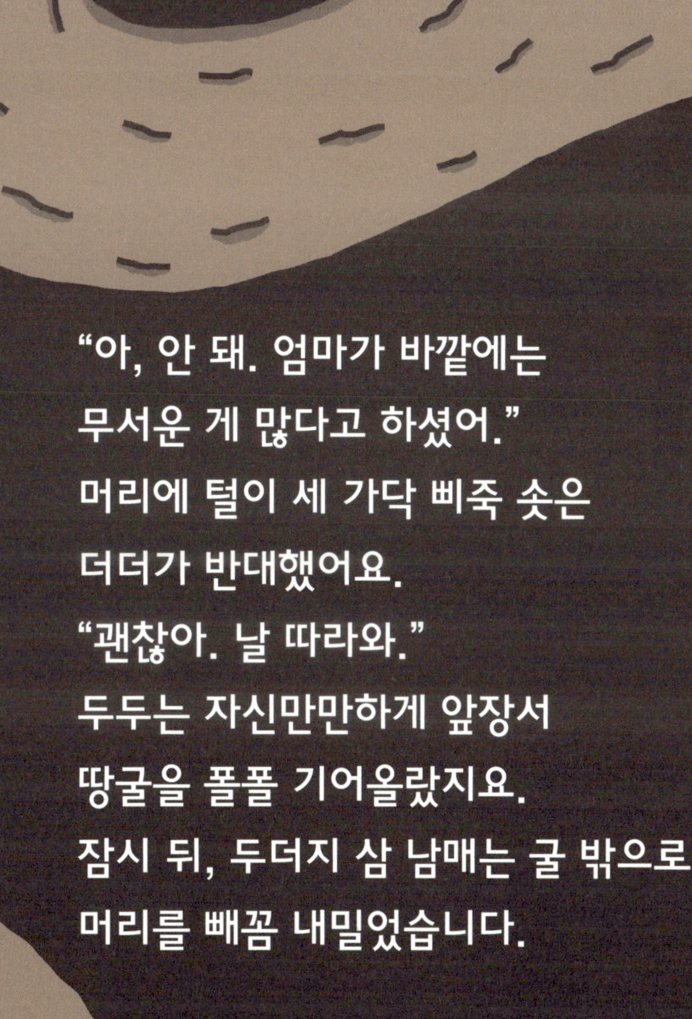

"아, 안 돼. 엄마가 바깥에는
무서운 게 많다고 하셨어."
머리에 털이 세 가닥 삐죽 솟은
더더가 반대했어요.
"괜찮아. 날 따라와."
두두는 자신만만하게 앞장서
땅굴을 폴폴 기어올랐지요.
잠시 뒤, 두더지 삼 남매는 굴 밖으로
머리를 빼꼼 내밀었습니다.

"으아악———!
두더지 살려———!"

"정말 대단해!"

데구루루……
골프공이 쫓아오네요.
"도망쳐──! 더 빨리──!"
아기 두더지들은 온 힘을 다해 달렸어요.

"휴, 이번에는 이쪽으로 나가 보자."
가까스로 공을 피한 두더지 삼 남매는
다른 구멍으로
머리를 빼꼼 내밀었습니다.

끼이이이익———

"으아악———!
두더지 살려———!
이, 이러다 밟히겠어———!"

아기 두더지들은
걸음아 나 살려라 하고
굴로 들어왔어요.

"이쪽으로 가 보자."
이번엔 지지가 앞장섰지요.
삼 남매는 또 다른 구멍으로
머리를 빼꼼 내밀었습니다.

모락모락 뭉게뭉게……
"이게 뭐지? 여긴 어디야?"
"콜록, 나는 갑자기
목이 아프고, 눈이 매워."
"으아악, 굴뚝이잖아──!"

모락모락 뭉게뭉게……
"콜록 콜록. 도망쳐———!"
아기 두더지들은 비틀비틀
굴로 돌아왔어요.

"빨리빨리 서둘러.
이번에는 이쪽 길로 가 보자."
더더를 따라 아기 두더지들은
또 또 다른 구멍으로
머리를 빼꼼 내밀었습니다.

"대체 여긴 어디야?"
두두가 어리둥절한 얼굴로
말을 꺼낸 그때,

누군가가 딸깍 하고
버튼을 눌렀습니다.
그러자……

쏴아아아아
"으아악! 무, 물이 쏟아진다!"

"이쪽이야, 이쪽!
이쪽으로 빨리 가자."
지지를 따라 두두와 더더도
부리나케 도망쳤어요.
그러고는 또 또 또 다른 구멍으로
머리를 내밀었지요.

"으, 으, 으아아아아아아악———!"

"도망쳐———!"
두더지 삼 남매는 전속력으로 달렸습니다.

하지만 금세
따라잡히고 말았지요.
"히히히, 고 녀석들 맛있겠다."
뱀이 커다란 입을 쩍 벌리고
두두를 꿀꺽 삼키려 했습니다.
"으악, 나 어떡해!"
두두가 비명을 질렀지요.
그런데 바로 그때,

연기가 모락모락 뭉게뭉게……
물이 쏴아아아아아——

뱀은 깜짝 놀라 소리쳤습니다.
"에잇, 이게 뭐야——!"

"지금이야, 서둘러!"
아기 두더지 삼 남매는 보금자리로 달아났습니다.

“이얍―――!”

따악 ────

지지가 공을 냅다 던지자,
"뱀 살려!"
뱀은 공을 맞고 아파하며 물러났지요.
그리고 잠시 후……

드디어 엄마가 돌아왔습니다.
"엄마 왔다. 다들 집 잘 지키고 있었니?
심심했지? 무섭지는 않았어?"

"아니요, 엄청 재미있었어요."
두두와 더더와 지지는 활짝 웃으며
이렇게 대답했답니다.